# 두 개의 편지를 한 사람에게

봉주연

# 두 개의 편지를 한 사람에게

봉주연

PIN
053

# 차례

## 1부
## 왼발로 숫눈을 밟은 당신에게

## 2부
### 오른발로 숫눈을 밟은 당신에게

# 3부
추신

PIN

053

# 두 개의 편지를 한 사람에게

봉주연

시

# 1부

## 왼발로 숫눈을 밟은 당신에게

## Arrival

지나온 사람에 대해 물어오자
답을 하는 것이 기뻐서
낮춰 이야기하는 것도 잊고 높이 떠올랐다.

이제부터 중요한 걸 골라야 해.
장을 보는 대신에 밥을 짓자.
기다리는 동안 이야기를 하자.

길을 걷다 사람을 마주친다면 아무나 따라갈 수
있을 것 같아.
감수해야 하는 말을 감수하면서 당신은 가만했다.

먼 과거의 삶까지 후회하면서
우리는 같은 것을 묻고
같은 것을 답했다.

랜딩


　주로 어떻게 주말을 보냈어요?


　질문을 듣고, 살았던 집의 창문에 따라 달랐다고
답했다. 얇은 창문은 방문자를 가리지 않았다. 아침
이면 창문에 체온이 비친다. 밥을 차려 먹고 두벌잠
을 자고 산책을 했어요. 그곳은 성곽과 사람과 골
목, 날짜가 너무 붐비지 않게 모여 있었습니다. 장
면을 묘사하면서 나는 창문 밖을 내다봤다. 창문 밖
에는 빛나는 창문이 여럿 달린 건물이 있었다. 해가
질 때쯤이면 체온이 빠져나갔어요. 이중창이 없는
방으로 돌아가 추운지도 모르고 추위를 견디면서


　여기까지 이야기했을 때


　그때 아주 행복했었나 봐요.

질문을 한 이가 내 얼굴을 보며 말하자


발끝에 바닥이 닿았다.

행복이 없었다면 공중에 떠 있었다는 것도 알지 못했을 거예요.


당신은 체온이 필요한 사람이군요. 그는 이어서 이야기하고. 함께 살 사람이 필요한 게 아닐까요, 질문했다. 빛나던 창문의 개수가 줄어들었다.


혼이 난 내가 창틀에 걸터앉아 있는 장면.

나를 달래주러 등 뒤로 사람이 다가온다.


그날 무엇 때문에 혼이 났는지 기억하고 있다.

절망을 말해보렴, 너의*


네가 있는 곳을 꼭 봐야겠어.

쇠를 깎는 소리가 들리는 골목. 매일 담벼락을 지난다. 그곳엔 여름이 되면 능소화가 흐드러져. 어머니는 글을 몰랐다. 집을 사고팔 때 너를 앞세워 복잡한 법 문서를 읽게 시켰다. 너는 자라났고 자라날수록 대신 읽어야 하는 글들이 늘어났다. 도망쳐야지, 이러다간 집이 나를 잡아먹겠어. 어머니에게 머리채를 잡힌다. 포옹을 장소로 느낀다. 바닥과 낯설어져 서럽게 우는 거야.

그때 나는 너무 정처가 없어서, 이도 저도 아닌 네가 싫었어.

슬픔은 예측할 수 있는데 웃음은 도무지 가늠이

안 돼서, 나는 네가 보이면 환하게 걸어갈 준비를 한다. 내 손에 머리칼을 쥐여준다. 목숨과도 같은 것이니 소중히 다뤄줘. 그것을 무릎 위에 올려놓고, 징그러운 마음을 품지도 버리지도 못하면서. 네가 사는 곳을 궁금해하지 않기로 다짐했다. 앞꿈치로 언덕을 내디딘다.

　또 찾아갈게, 거기에 있어.

　너의 동네에서만 볼 수 있을 거라 생각했던 꽃은 나의 골목에도 피어 있었다. 그렇게 멀리 있는 곳이, 지금은 갈 수 없는 곳을 말하던 게, 너무 가까이에 보여서. 진심이 맞니, 물으려다 진심이 맞다고 맹세해, 라고 다그쳤다. 그 꽃을 알려주었으니 너는 매해 여름에 책임이 있다.

## 그러면 나의 절망을 말해줄 테니[**]

손톱만 한 달이구나.

비애는 비유가 아니다.

비행운에 가려질 만큼

오늘 자른 손톱이 저것만큼 가늘었어요.

당신은 자주 손톱을 자르는 사람이군요.

손톱 밑에 붉은 것이 묻어 있는 걸 보았다.

내가 나를 피 흘리게 만든다는 것이 무서울 때가 있어요.

자는 중에도 피가 흐른다는 걸 느껴요.

그가 손톱으로 나의 팔을 긁었다.

가로등 빛 아래는 해석의 여지가 많고

차들은 차선과 겹쳐 있다.

왼쪽으로 치우친 차 안에서도 사람들은 한가운데에 놓여있다고 느낀다.

시간이 가까이에 있어요

공간은 멀지 않고

당신은 내게서 얼마만큼 겹쳐 있습니까.

물병이 뒤바뀌었다는 걸 알아채고

나의 신발이 무엇인지는 구분할 수 있지만

다음에도 만나자,

이 약속은 누구에게서 나온 것인지 알지 못했다.

당신에게 서운한 마음을 이야기한다면

그건 네가 내게서 멀지 않다는 뜻입니다.

너의 팔이 긁힌 세기로 나를 기억해줘.

뒤늦게 붉은 줄이 그어졌다.

헤어지는 장소에서 오래 눈을 맞추고 손을 흔들
어줄 것.

내게서 우리가 뜯겨 나간다.

미래의 생애가 될 감정이다.

.

`

*  메리 올리버, 「기러기」, 『기러기』, 민승남 옮김, 마음산책, 2021.
** 「절망을 말해보렴, 너의」와 「그러면 나의 절망을 말해줄 테니」 두 시의
제목은 메리 올리버의 시 「기러기」에서 빌려 왔다.

## 집들이

밤 산책은 어깨를 두른다.

등을 맞대고 있으면
나의 오른손이 너의 왼손이고
그건 마주 보고 있을 때도 마찬가지다.

집에 초대해달라는 말에
역에서 만나기로 하자, 약속하고
손을 내리고 나란히 걸었다.

집으로 향하는 언덕을 보여주었다.

가격표가 없는 화분들과 너무 많이 익어버린 자
두. 과일 봉지가 찢어질 것 같다. 작은 떡집 앞을 지
키는 아주머니는 언제나 조그마해. 준비물이 있는

날엔 학교 공중전화 앞으로 길게 줄이 섰어. 너도 나를 나쁜 년이라 생각하냐고 소리치던 할머니와 모시옷을 입고 준비물을 챙겨왔던 할머니가 같은 사람이 맞을까 생각했다. 교복을 입은 학생과 교복을 입지 않은 학생이 번갈아 내려오고

　여기까지 오르면 숨이 차곤 해.
　이야기를 들려주다 보면 집 앞에 도착해 있다.

　약속을 몇 번이고 미뤄도 서운하지 않은 사이가 되도록 하자.
　그럼 이 약속도 몇 번이고 미뤄도 괜찮은 걸까, 고민하다가

　몇 번 손등이 스치자

한 명이 팔짱을 끼고 걸었다.


마주 보고 있으면
나의 오른손이 너의 왼손이고
그건 나란히 걸을 때도 마찬가지다.


교차로가 사방으로 그어진 광장에서 신호를 기
다릴 때
아무나 붙잡고
같이 살아봐요, 말하고 싶은 마음이 들고


낮이 밝으면
어깨엔 아무것도 두르지 않고 가뿐하게
언덕길을 내려갈 거예요.

나는 나를 다 보여줬어요.

oort

며칠 동안 볕이 좋은 날들이었다.
셔츠에서 사람 냄새가 옅어졌다.

어느 날 아침 머리 위로 들어오는 햇볕의 기운이
달라졌다고 느끼면, 그때부터가 여름이야. 모자를
챙겨 집을 나섰다. 오전의 운동장은 분주해질 준비
만으로도 버거웠다. 공터를 가로질러 걷는다. 등 뒤
로 너를 남겨놓고 떠나는 등나무 아래 벤치로부터.
나는 홀로 걸어가는 나를 본다. 너의 지척 안에서
곁눈으로 너를 살피면서, 밝게 웃으면서. 요즘 나의
가장 큰 두려움은 당신의 실망이에요.

배경이 등 뒤로 한없이 밀려가는 느낌.
그게 처음으로 알아차린 나의 외로움이었다.

사랑스럽지 않은 사람들도 사랑할 수 있을까, 사랑을 해도 될까. 고개를 숙이고 걷는 사람을 보면 불안해서 미웠다. 시간이 지나자 운동장이 사람들로 채워졌다. 부끄러움을 많이 타는 건 단지 숨을 곳이 없기 때문이었다.

　　집으로 돌아가는 길에 네가 말하더라.
　　잘 지내냐고, 겉도는 게 아니냐고.

## 내일부터 장마 시작


애오개를 지나요. 이젠 밤에도 바람이 불지 않는 저녁이네요. 새우젓을 좀 사다 줄래요. 애호박볶음에도 계란찜에도 들어가는 짠맛. 生과 관련된 건 모두 비릿한 냄새가 나요. 버스에 내리는 길에 벌써 물웅덩이를 밟은 것 같습니다. 며칠 전에 지진이 난 걸 느꼈어요. 바닷가에 산다면 다 흩어진 집을 떠나지 않을 자신이 있나요. 집은 떠나야겠단 생각을 하는 순간부터 낡아갑니다. 아침에 일어나 방을 돌며 커튼을 걷고 창밖을 내다봐요. 이곳에 살았던 게 맞을까, 머물렀던 게 맞을까. 그러면 모든 계절을 좋아할 수 있게 됩니다.


기원에 관한 이야기는 항상 놀라운 구석이 있어요. 진실이라기엔 너무 아름다워요. 멀리 산을 보면 푸른 하늘과 흰 구름이 보이는데, 산을 오르는 길엔 하늘은 더 이상 푸르지 않고. 선명한 구름은 어디로 간 걸까요. 한때 가능했던 미래를 기억해 봐요. 나의 겁을 알아차린 사람을 애정하게 되는 건지, 애정을 준 사람에게 겁을 들키게 되는 건지 알 수 없어요. 우리는 서로의 기억이에요.

이삿날이면 텅 빈 방에 남아서 아무도 모르는 곳에 내 이름을 적고 나왔어요. 너무 반듯한 도시에 가면 마음이 불안해. 해가 지면 몸을 숨길 곳이 있는 골목과 아침을 숨차게 만드는 오르막. 자동차 밑에서 고양이가 튀어나와요. 내 다리가 엄마의 가랑이 사이로 말려들어 가요. 가위바위보로 자기편을 정하는 아이들. 아무리 더워도 목 끝까지 추켜올렸던 목화 솜이불. 옆을 돌아보지 못했던 첫사랑. 같이 가줄게, 같이 갈 수 있는 곳까지만. 배웅하는 유월의 저녁……. 이 이름들이 다 사라져도 내가 나일까요?

한동안 아무것도 잃어버리지 않았어요.
내일은 우산을 두고 나올 생각입니다.
장마가 끝나면 나는 이 집에 없을 거예요.
그래서 당신을 사랑하는 걸 자제하고 있다고.

## 시간순

흰 셔츠를 다릴 때 너는 꼭 기도하는 표정을 지었다.

일주일간의 안녕을 바라듯
묵직한 물의 냄새가 하얀 천 위를 미끄러졌다.

힘들다는 말을 함부로 하면 안 돼요.
눈이 내리는 아침은 귀찮긴 하지만
힘든 날은 아닌 것처럼.

다리미 코끝.
자국을 없애면서 자국을 남긴다.

등받이가 있는 의자에 앉기라도 하면
구겨져버릴 셔츠.

왜 그렇게 정성을 쏟아요.
너는 고개를 들어 미소 짓는다.

옷이 다려지는 것 말고는
아무것도 일어나지 않는 거실.

아무것도 일어나지 않는 장소의
소리를 듣기.

이게 시간이야.

네 입가에 흰 버짐이 피어 있다.
겨울 내내 대수롭지 않게 넘겼다가

겨울,

늦겨울,

이름이란 게 얼마나 중요한지

추위가 지겨워질 즈음에

사람의 손을 잡고 미래를 그려보는 것이다.

언제부터 사람들은 시간이 흐른다고 생각했을까
요.

경험에 없는 미래는 과거보다 가까이 있습니다.

처음과 같은 마음으로 나를 믿나요.

너는 고개를 들어 질문한다.

언제부터 사람들은 자진해서 미소 짓기 시작했

을까요.

  번호를 매긴 게 마음의 순서는 아니었다.


  더 번져나갈 것을 알고도
  입가의 흰 버짐을 모른 척하는
  나의 부박함에 놀라고
  다림질을 마친 흰 천은 허공에서야 겨우 반듯하
다가
  놓이는 순간 다시 구겨진다.


  믿음은 필요하지 않아요.
  나는 내가 넘치도록 사랑받아 봤으면 좋겠습니
다.

## 이건 사람만이 이야기하는 미래

몸살기에 깨어나서
펼 수도 구부릴 수도 없이 뒤척이는 새벽에
한쪽 귀만 열어둔 채로 잠을 청했다.

나를 재워줄 수 있는 목소리를 헷갈려한 적이 없
어요.

다시 잠에 드는 기쁨이
2월의 꽃다발처럼 분명했다.

내가 바라는 건 하나뿐이야.
돌려달라는 말을 하지 않도록 해줘요.
마음을 주면서 약속을 받아냈다.

침대보를 정리하다

내 것이 아닌 머리카락을 보면 반가웠다.


푸르게 빛나던 뒷목.
우리는 한 사람에게서 난 후생後生일지도 몰랐다.

## 해령

귀 대신 푸른 조개껍데기를 달고 있다면
얼굴마다 연안으로
목소리마다 파도로
스스로에 의해 채워지는 밀물
바닥이 잠겨갔다.
나로부터 남는 것은 내 마음뿐이야.
이 집은 나의 마음을 염두에 두지 않는다.

아직 나무가 되지 못한 새순
늦봄마다
너는 밤새 온몸을 긁느라 잠들지 못했다.
내년 봄에 나는 이렇게 형편없진 않을 거예요.
심어놓고도 무엇인지 모르는 풀들.
너는 누구니,
누군데 자라났니,

너는 무엇으로 너를 객관하니.

장례를 치르지 못한 사랑을 보면 불안했다.


귀 대신 푸른 조개껍데기를 달고 있다면

손가락마다 해령으로

숨소리마다 열곡으로

귓바퀴는 끝에 닿을 것을 두려워하지 않고 자기
를 펼쳐냈다.

아직 어디를 우리 집이라 불러야 할지 모르겠어.

떠나던 날도

안착한 날도

찰박이는 바닥에 누워

잠든 한 명이 깨어난 다른 이를 옭아맨 채로 속
삭였다.

어디까지를 우리라 불러야 할까.

우리가 할 수 있는 사랑을 다 해버릴까봐 겁이
나.


주말이면 흙이 흠뻑 젖을 만큼 물을 줬다.

화분이 물을 다 뱉어낼 때까지 기다리면서

한 명은 옷이 젖고

다른 이는 땀이 흐르고

우주가 생겼을 때부터 연인이었던 것처럼

아무도 우리의 기원을 떠올려보려 하지 않기를.

당황하는 기색 없이

너를 숨 막히게 하는 선물을 주고 싶어.

우리는 너무 일찍 서로의 생활이 되어버린 게 아
닐까.

움푹 꺼진 베개의 냄새를 맡는다.

장례를 끝마친 사랑을 보면 마음이 놓였다.

## 방문

이런 볕을 받고 자랄 수 있는 나무라니. 다음 생엔 이곳의 가로수로 태어나고 싶어. 가지가 잘려도 괜찮겠냐고 네가 물었다. 더운 도시에선 나무가 약속이 되기도 한다.

몇 년 만에 찾아간 아파트 단지엔 나무가 더 울창해져 있었다. 뿌리 주변 보도블록이 들려진 채로 생활은 살아남았다. 공원의 나무는 전정을 하지 않아도 예쁘게 자라던데. 네가 못 보는 사이에 잘려진 것일 수도 있지. 내년에는 더 많은 가로수를 심어줄게.

약속을 늘어놓던 기쁜 콧날에 그림자가 생긴다.
유리창 너머로 정수리가 보이면 해가 나고
우산이 펼쳐지면 비가 내렸어.

소나기에겐 맑은 날씨가 필요하구나.

나무는 너의 동네에서 헤프게, 헤프게 자라날 것이다.


우리는 함께 사는 것 외에 모든 것을 할 수 있었다.

## 새로운 안부

왜 여기까지 올라와서 눈을 감고 있어요.
꼼짝할 수 없이 던져진 하늘 위에서
우리는 서로가 본 파랑을 묘사했다.

도시의 경계선을 더 선명하게 볼 수 있지 않을
까. 콧등을 누르는 무게를 느끼면서. 안경이 너의
내력을 다 알고 있을 것 같았다. 날아가버리지 않을
까요. 걱정했지만 우리는 서로를 막아서지 않기로
다짐했었다.

사거리는 너에게 힘든 기억이다. 도시의 반을 크
게 돌아야 했어요. 가로지르면 금방인 거리를 버스
는 멀리 돌아가고. 바닥이 없는 곳에 발을 디디려다
쪽잠에서 깨어났어요. 사람이 없다는 걸 알면서도
침대 옆을 더듬듯이. 깨어날 사람이 없다는 걸 알면

서도 조심해서 일어나듯이. 기억을 꺼내는 너의 옆
얼굴을 바라본다. 우리가 보내기로 한 가을 겨울이
벌써 절반을 지나고 있었다.

　지상의 빛이 차창 안으로 들어오는 순간, 혼자
고개를 들면 살아 있다는 기분이 들어요. 하루에도
몇 번씩 이 순간을 반복한다면 언젠간 우연히 불꽃
놀이를 볼 수도 있지 않을까요. 아랑곳하지 않는 사
람들 틈에서. 네가 혼나는 모습을 더는 보지 않을
수 있어 안도했다.

　여기가 내 인생에서 제일 많이 건넌 다리에요.
　일 년에 한 번씩 펑펑 터지는 소리가 들리면 오
늘이 이 도시에서 가장 아름다운 밤이 되겠구나, 생
각해요.

너는 오늘도 창문을 닫고 잠을 자고

　　내일이면 '어제 불꽃놀이 보셨어요?'가 세상의

안부가 되어 있을 것이다.

옛날이 오늘보다 나은 것이 어찜이냐
하지 말라*


무엇을 줄 수 있을까.
사람을 믿게 되면 그런 생각을 먼저 하게 된다.


닫힌 방문엔 네가 있다.


틀렸어, 무언가 주기 위해 사람을 믿는 거야.
우리는 한 장소에 살기를 갈망했다.


안에선 기계 돌아가는 소리만 들렸다.
방문이 닫히는 소리를 들었을 뿐
너의 발소리는 없었다.


닫힌 방문엔 분명 네가 있다.


발목이 나의 약점이지. 너는 나의 약점을 가려주

려 한다. 네가 알고 있다는 것만으로도 내 약점은
은폐를 실패한 것이다.


들려야 할 소리가 들리지 않는다.
고요함에도 놀랄 수 있다.


고해성사를 생각해본 적은 없었어요.
함께 살고자 한 마음이 용서받아야 할 일은 아니
지 않나요.


이렇게 묻는 것은 지혜가 아니다.**


* 「전도서」 7장 10절.
** 같은 책.

눈이 필요할 것 같아서 오보를
내린 날이 있다


너의 말은 다 순전하지.
나는 물어보지 않는 방식으로 사람을 믿었다.


오래된 책을 펼치자 부스러기가 떨어졌다.
적힌 대로 읽으면 그대로 따라올 앞날.


사람은 어느 날 불쑥 자라나 있다.
까치발을 들어 다리 아래를 내려다볼 수 있을 만큼


펜을 다 써서 버린 적이 한 번도 없어.
잉크 심을 갈아 끼우는 나를 보며 네가 말했다.
다 쓴 볼펜 심으로만 채워진 서랍 한 칸.


뱉어진 말들이 아니라
들어 마땅한 말을 기다리느라 나는 자주 스산해

지고


　건물을 보면 무게중심이 어디인지 단번에 아는
능력이 있으면 좋겠어.
　이 집의 중심이 어디에 있는지
　어디를 누르면 바로 부서져버릴지


　열두 달 중에 사진을 찍기 가장 어려운 달이 지
금이야.
　자기 살갗을 갈아 만든 추위와 흙냄새를 모르는
초록
　미래를 과신하는 사람들
　이월의 프레임은 어디에도 쉽게 초점을 맞출 수
가 없다.

건반을 누르면 어떤 소리가 날지 기억하는 걸까,
손가락의 동선을 익히는 것뿐일까
　질문하게 될 때부터 나는 악기를 익힐 수 없는
사람이 되었다.


　악보대로 실현되는 음악
　시간이 있다는 증거를 종일 듣는다.


　언제나 그래요,
　삼월은 기대보다 춥지요.
　공연하게 말을 이어가는 매일 저녁
　겨울의 관성이 일 년의 절반을 채운다.


　나의 말은 다 어긋나지.
　먼저 고백하지 않는 방식으로 사람을 믿었다.

## 억양

사람의 기질이라는 건 참 신기해요.
처음부터 칼을 다루는 사람은 없지만
칼을 쓸 수 있는 사람은 처음부터 정해져 있다고

부르튼 입술을 보면서
사람 안에 잠복한 병에 대해 설명해줍니다.
너는 피를 무서워하고 나의 피 흘림을 미안해하
지만
우리는 같은 것을 갈망하는지도 모릅니다.

오늘이 어제에 이은 내일이 아닐 수도 있음을
깨달은 사람의 억양은 다정하고
기다리고 있는 여러 나날 중의 하루를 살고 있을
뿐인
내가 서늘하게 느껴질 때는 언제인가요.

외로워할 때
너의 눈매는 서늘한 성격을 나타냅니다.


물웅덩이에 빠뜨린 손수건에서
물에 젖지 않은 부분을 찾는 것과 같다고 생각했
어요.
하루 중에 외롭지 않은 순간을 떠올리는 것이.


슬퍼질 거야, 라고 믿으면 곧장 슬퍼지는
사람의 억양은 부끄럽고
매일 밤 하나의 방에서 소등을 함께 하자는 약속
을 하면서
꽃술을 만져서 손을 더럽히는 아이를 떠올렸어
요.
기왕 더러워질 거라면

아름다운 것을 선택하는 용기.


길을 모르는 사람을 뒤로하고
다른 방향으로 걷는 것처럼


살 이유를 모르는 사람에게
죽지 말라는 약속을 받아내는
사람의 억양은 잔인하고


시간이란 단어는 사건으로 바꿔도 무방할 것입
니다.


너는 나의 피 흘림을 두려워하지만
연인들은 서로의 앞에서 피를 흘립니다.

손을 다치게 하는 건 무딘 칼입니다.

뼈에도 시큰한 멍이 생길 만큼

평범하지 않은 사람들이

평범한 네 앞에서

피를 흘리는 게 공연한 일이 아니에요.


들키기 전까지 부끄러운 줄 모르는 장난처럼

우리는 이렇게 고백을 주고받습니다.

obdachlos




사랑은 항상 지붕을 만든다.


언어가 다른 두 사람 사이에서
만약 다르게 말을 전한다면
나는 누구에게 거짓말을 하게 되는 걸까.


너와 나눈 시간을 너에게 들려주면서
나는 동시同時를 배웠다.


아이를 사랑하는 데 실패하면 어떡할까,
나와 같은 대답이 나오기를 기다리면서
언제까지나 서로의 언어에 서투르기를 바랐다.


사랑하는 척을 성실하게 해준다면
아이는 스스로 답을 찾을 수 있을 거야.

다른 언어의 잠꼬대

어떤 사랑은 책임에 후행하고

나는 영원히 너의 꿈 안으로 들어갈 수 없다.


머리 위 창문을 조금 열었다.

이게 봄 냄새라는 걸 알고 있다.

## 미래의 집


어떤지 좀 봐줄래요.


실내에 발을 들여놓는다.
맨발로 바닥을 딛는다.


먼지 쌓인 바닥에는 모든 그림자가 흐리게 비쳤
다.


요즘 집들은 남향이 없대요.
우리 집이 남향이면 어느 집은 동향이 될 수밖에
없어서.


조금씩 다른 각도로 틀어져 있는 건물들.
입구와 출구를 매번 헷갈리게 되지 않나요.

모두가 조금씩 빛을 덜 받는 미래의 집.
창문을 닫고 외출하면
묵은 빨래 냄새가 배는 집의 미래.


오래도록 베란다 밖을 내다봤다.
여기서 보면 우리가 산봉우리만큼이나 떠 있는
것 같아요.


나무가 쓰러졌는데 아무도 그 소리를 듣지 못한
다면
나무는 쓰러진 게 맞을까요.


네가 못 보는 사이에 문고리 하나를 훔쳤다.
앞으로 사람이 잠드는 안방이 사람을 가두게 될
거야.

너의 꿈으로 함부로 드나들게 될 거야.
새벽마다 한기에 깨어나게 될 거야.


창문을 닫는다.
걷어 올린 바짓단까지 햇빛이 비쳤다.


마음에 드나요.


아늑하네요.
제 눈엔 고칠 게 하나도 보이지 않네요.
너는 신발을 신고 밖으로 나간다.
더 사랑하는 쪽이 맨발을 더럽히곤 한다.


먼지를 털고 물을 밟는다.
상상 속의 사랑이 더 좋았다고 말하지 못했다.

## 러브레터

내일 어디에 갈까.
지도를 펼쳐 골똘한 생일 전날.

만나기 전부터 서로의 정체를 맞춰보는 놀이가
아닐까.
사랑에 대해 묻자 너는 이렇게 대답했다.

나가기 전에 스탠드 하나는 꼭 켜놓자.
모든 외출마다 여지를 남겼다.

바람이 많은 언덕에 갔다. 연 놀이를 하는 사람들.
줄과 줄이 겹쳐 생긴 점이 연의 개수보다 많았다.

줄을 조금씩 풀어 하나씩 연을 더하고 또 더하는
사람이 있었다. 고개를 들어 제일 멀리 날고 있는

연을 바라봤다. 너는 그에게 다가가 무언가를 물었
다. 그의 다리 사이에 놓인 상자엔 여전히 많은 연이
남아 있었다. 대답을 듣고 너는 천진하게 뛰어왔다.

아이를 찾는 안내 방송이 들려왔다.

하늘은 어떤 줄에도 발이 걸리지 않고 넓게 날아
갔다.
그렇게 멀리까지 날려 보낼 마음은 아니었는데

풀밭 위 끊어진 연들이 발에 채고
나는 너의 실수를 보며 안도하곤 했다.

네 이름을 외치며 풀밭 위를 뛰어다니는 장면
물건을 잃어버린 게 아니라 그 물건이 나를 떠나

간 것뿐이야, 다독이면서
　　정말 그렇게 믿니,
　　마음으로 묻곤 했다.


　　생일이 끝나가는 저녁
　　집에 들어가기 전에 바지 밑단을 털었다.


　　문을 열자 스탠드 불빛이 환했다.

# 케이크를 가운데 두고 앉아서

노래는 부르지 말자.
소원만 빌자.

정말 나의 부끄러움 때문인가요.
노래를 부르지 말자는 이유가 그것뿐이냐고
너의 부끄러움은 조금도 없었냐고

오랫동안 걷고 집에 들어왔을 때
흰 양말에 피가 묻어 있었다.
해져버린 신발 뒤축을 의심하지 않았다.

설명해주기 전까진 아무것도 묻지 않기.
이게 내가 너에게 쏟은 정성의 방식입니다.

껍데기만 남은 기분이네요.

말을 되뇌다보면
정말 텅 빈 껍데기만 남는 기분이었다.
속에 어떤 진실이라도 있었다는 듯이

우리는 함께 소원을 빈다.

너는 소원을 골랐다.
나도 같은 것을 빌었다고 말했다.

창 안에선 음악 소리가 들리고
밖으론 벌레 울음이 있다.

여기까지가 나의 회상이다.

## 2부

### 오른발로 숫눈을 밟은 당신에게

# 플래시포워드

이 감정을 하루 종일 유지해야겠어요.
그는 테이블 밑으로 기어들어 갔다.


말다툼을 하다 한숨을 쉰다. 자막에 '안도의 한숨'이라고 나왔다. 자막을 보기 전까지 그가 화가 난 거라고 생각했다. 안도하는 마음이 모두 사라져야 정말 안도할 수 있지 않을까. 정말로 마음을 놓으면 다음 대사를 잊어버리고 말 거예요. 테이블을 주먹으로 치고 일어나기. 동작을 수행하려 정해진 대사를 뱉는다. 어떤 결말이 되어도 상관없습니다. 우리는 미래로 향하는 방향에 놓여 있다.

## 미래사彌來寺

가없는 달동네
아직도 그 골목에서 길을 잃는 꿈을 꾼다.

동네의 계절은 기울어진 언덕에서 생겨났다. 눈
이 온 아침엔 문을 열면 바닥에 부채꼴 자국이 생겼
다. 장갑을 끼고 비질하는 아침. 너는 장갑을 잃어
버렸고 우리는 서로의 손등을 번갈아 포개주었다.

고개를 맞물려야 스칠 수 있는 조각이라니. 춥다
는 말을 입김으로 알아들었다. 계절의 어떤 부분에
서 겨울을 느껴야 겨울이 되는 걸까.

어느 곳에서든지, 죽이기에 좋은 사람은 이야기
가 없는 사람이야.
집을 찾지 못하는 꿈속

잠의 근처에서 너는 이런 말을 했다.

네가 사람을 죽였다면 그 이야기를 좀 들어봐야 하지 않을까. 감춰야 한다면 온 힘을 다해 너를 도와줄 거야. 네 어깨를 감쌌다. 너를 응원할 수는 있겠지만 믿지는 못하리라는 마음을 알아채고

골목은 발을 디디는 순간부터 한가운데가 되는 기분이야. 그 어떤 가장자리도 경계라고 느껴지지 않아. 길을 잃을까봐 늘 다니던 길로만 다녔다. 수많은 갈래 중에서 고른 단 하나의 길. 우리의 집은 이 길로만 우리에게 당도했다.

편백나무로 만들었다는 책상. 서랍은 부드럽고 짙은 심을 품고 있다. 서랍을 열 때마다 나무 향이

올라왔어. 나무 향을 맡으면 서랍이 열려 있구나, 알 수 있었다. 손을 뻗어 서랍을 더듬었는데 굳게 닫혀 있었다. 나무는 어디에서 자라 이 방으로 들어온 걸까.

너에게 전사前史가 없더라도 나는 네가 살았으면 좋겠어.

지금은 겨울이고, 곧 봄이 올 거라는 믿음.
현재는 아직 집의 근처에 도달하지 못했다.

요약본

집으로 가까워질수록 굳어가는 얼굴. 걸음은 멈추지 않지만 이쪽을 쳐다보지도 않으면서. 현관문 앞에서 한숨을 내쉬고 문을 밀었어요. 나는 우리의 집이 그렇게도 싫었습니다.

다른 사람 집에 놀러 갔을 때, 집마다 다른 냄새가 난다는 걸 알았어요. 내 집에 처음 들어온 사람은 어떤 냄새를 맡을까요. 안기고 싶은 냄새가 났으면 좋겠습니다. 다시 나에게 오고 싶어지도록. 집에 사람의 냄새가 배는 건지, 사람에게 집의 냄새가 배는 건지 모르겠어요. 집이 아니라 집의 냄새가 나를 힘들게 합니다.

나는 왜 표정을 숨기지 못할까요.
요즘 나는 거울을 쳐다보기도 힘이 듭니다.

당신이 집에 있는 날이면 벽에 귀를 붙이고 기척이 들리지 않을 때까지 기다렸습니다. 불이 꺼진 거실로 나가면 체취가 당신의 모양대로 남아 있는 것 같았어요. 집이 사람의 바깥에 존재한다는 착각. 당신이 우리의 집을 구성하는 전부입니다.

　　새벽에 현관문을 여는 소리가 들려서 깨어납니다. 이 집을 열 수 있는 사람은 나와 당신 두 명뿐이어서. 돌아왔구나, 기쁘고 무서운 마음에 잠이 달아나고. 침대 위에 당신을 앉혀놓고 몸을 만져보다가, 오랫동안 물어보고 싶었던 질문을 떠올렸다가, 더 오랫동안 묻어둘 수 있겠다고 생각합니다.

　　너에게 좋은 사람이 되는 건 너무 무거운 일이었

어요.

  겪어온 감정의 사례들이 많습니다. 적당한 상황
이 찾아올 때 그저 머릿속의 조각을 불러오면 나의
감정을 요약할 수 있어요. 침대 위에 당신이 있고
나는 당신을 만지고 있다는 것. 이 장면은 슬픔의
요약본을 불러오고

  당신이 나를 부릅니다.
  나는 나와 너무 가까워서 그 이름과 어울리지 않
습니다.

# 새매라는 새

그때 그 밤들엔
자다가 그림자가 일어나버리곤 해서
너를 꼭 껴안고 잠드는 수밖에 없었다.

막을 수 없었던 어느 밤엔
함께 강변을 따라 나가서

네가 걸으면 걷고
멈추면 멈춰 서고

네가 어떻게 되어버릴까 무서웠던 게 아니야.
남겨진 내가 어떻게 되어버릴까 겁이 났어.
따라오는 사람과
따라오라고 하는 사람의 시간은 다른 속도로 흐
르고

자격이 없어요.

너는 입버릇처럼 말했다.

감정보다 먼저 생각하게 되는 가느다란 입장.


고백할 만한 마음이었을까요.

너는 고백 이후에 고민했다.

넘어져도 다치지 않을 만큼 푹신한 변명들을 쌓

았다.


이걸 사랑이 의미하는 전부라 할 수는 없을 것이

다.


꿈속에서 새매라는 새를 봤어요.

나는 깨어서도 구분할 수 없는 종種.

환영으로도 볼 수 없는 이름.


일어날 일 중에 어떤 일들은
이미 다 결정되어 있는 것 같아요.
너는 입버릇처럼 말했다.


상처받는 역할이 상처 주는 역할을 버리게 되어
있어.
고백 이후에 긴 고민을 이어가는 너는 가차 없구
나.


깨어나야지만 잠들어 있었다는 것을 알게 되는
것처럼
하나씩 수행되는 미래.

그때 그 밤들엔

잠에서 깨면 꼭 옆을 더듬어봤다.

생활


처음 우리는 하나의 정경을 사랑한다.


문을 열면
초록 뒤로 해가 넘어간다.


당신은 오늘 어린 얼굴이군요.
자기가 누군지 기억하지 못하는 사람 같군요.


나를 보는 표정을 이전에도 본 적이 있다.
그게 누구의 얼굴이었는지는 기억나지 않아요,
얘기하면서
누구의 얼굴을 떠올렸다.


문을 열면
눈높이에 벚나무가 있다.

이제부터 손을 눈에 가져가면 안 돼.
아프면 울어내는 수밖에 없으니까.
흙에 손을 대는 어린 시절을 모두가 말렸다.

안 된다는 말만 하지 말고
다 끝난 후에 함께 손을 씻자고 약속해줘.
사랑을 다 해낸 후에 소매를 걷어줘.
비누 묻힌 손으로 내 손을 감싸줘.

문을 열면
나무는 숱이 많아진다.

저 초록을 내가 다 가져야겠어.
무성함이 지겨워질 때까지.

나무가 가까이에 있는 집은 벌레가 많대.
여름을 무서워하면서
복도 끝에서 네가 걸어온다.


내가 어떻게 해야 했을까요.
나는 다 커버렸어요.
아무도 내 손을 씻겨주지 않아요.


손목을 감싼 시곗줄이 당겨왔다.


자기 자신만 알고 있는
계단의 손 스침.


되도록 모든 생활에서 불행을 제거해야 해.

불행은 다만 은총에 도움이 될 뿐이다.*


너는 어디에 살아야 할지를 두고
오랫동안 고민했다.


너를 내 살림살이로 채워도 될까.
나의 아이로 더럽혀도 될까.


하고 싶었는데 하지 않았다는 말은 믿지 않아.


문을 닫는다.
집에서도 자꾸 집으로 돌아가고 싶은 기분이 들
었다.


* 시몬 베유.

## 포물선

잠이 들려 할 때마다 억지로 눈을 떴어.
감겨오는 눈은 감겨오는 줄 모르고 감겼다가

밀려서라도 어딘가를 가는 게 좋은 거예요.
차 안은 네가 알고 있는 너에 대한 소문으로 가
득하다.

얼굴은 잠든 것도 모르고, 너에게 잠든 표정을 보
여주지 않으려 한다. 그래, 그런 모습은 보여주는 게
아니지. 의자를 마음껏 뒤로 젖힐 수도 없는 차 안
에서 고개는 어디에서도 정처를 모르고 마냥 어깨를
생각한다. 앞자리의 너는 등받이만큼 잘려 있구나.
잘린 어깨는 파랗게 빛나고 잠이 든 정수리는 파란빛
을 상상한다. 어깨가 필요하지 않은 정수리. 포물선
을 따라 흐르는 체취. 곤한 잠을 잔 침실의 냄새.

한 사람의 향은 타인을 위한 거야. 체취가 나지 않는 사람과의 포옹은 궁금하지 않아.

  잠든 나를 봤나요?
  언제 잠들었냐는 듯 일어나 생수병을 건넨다.


  나도 알고 있는 너에 대한 소문.
  고개를 가로젓는다.


  액정을 넘겨 사진을 보여준다. 하늘과 하늘에 걸친 나무와 나무에 걸쳐진 프레임. 여행보다 잘려진 풍경이 더 멋있는 것 같아. 이제 조금 사람 같이 보이는구나, 너는 경치가 아니었구나.


  차 안은 내가 모르는 너에 대한 소문으로 가득하다.

얼굴을 상상하다 보면 잠든 어깨와 함께 있다는 착각이 들고 어깨는 다시 잠든 정수리를 향한다. 포물선 끝에는 너의 어깨가 있다. 너는 사람과의 포옹을 궁금해한다.

# 수원


어느 아침의 시력은 나에게 맞지 않았다.
우산을 펴고 빗속으로 들어갔다.


며칠째 같은 꿈을 꾸다가
어젯밤 꿈엔 오래전 죽은 사람이 나왔다.


그는 아끼는 것을 향하는 눈으로 나를 보았다.
서로의 눈동자만 보이도록 얼굴을 마주했다.


우리 너무 가깝네요.
서로를 잘 모르도록 가깝네요.


그는 나의 잊힌 마음을 얘기해달라고 말했다.


물을 잘못 밟아서 넘어지고 싶어요.

넘어져서는 일어나고 싶지 않아요.
원래 하던 사랑으로 돌아가고 싶어요.


우산을 접고 건물 안으로 들어갔다.
새끼손가락에 붉은 상처가 나 있었다.


다시 밖으로 나갈까,
생각했다가 이내 그만뒀다.


고칠 수 없는 일을 견디고 있다.*


* 애니 프루, 『브로크백 마운틴』, 전하림 옮김, 에프, 2017.

## 끝물

그 말을 들으면 딸기가 먹고 싶어져.

아무것도 손에 들지 않고 집으로 향하는 길.

혼자 길을 건너는 아이는 처소를 모르고 발을 굴
렀다. 움직이지 말라는 명령을 들은 것처럼.

늦게 도착하려 애썼어. 두고 온 물건을 챙기러
다시 돌아가고, 사람이 많은 버스는 보내버렸어. 우
리도 사람들처럼 손을 잡고 장을 볼까. 밥을 해 먹
고, 치우지도 말고. 몇 시간씩 낮잠을 자고. 그리고
일어나면 서로를 버리자.

어떤 다짐을 해도 나는 이 내기에서 언제나 패자
다.

건너편 집들엔 불규칙적으로 조명이 환하다. 각자의 가정에 몰두하는 저녁. 건널목 과일 가게를 구경하느라 신호를 몇 번이나 놓쳤다. 몇천 원이 더 싸서 짓물러가는 과일을 골랐어. 앉을 곳이 없는 곳에서 발바닥이 아파오고, 나는 여분인 채로 서 있었다.

여기까지가 내가 해온
기다리는 사람의 역할.

현관문을 열고 집으로 들어갔을 때
늦봄의 공기가 지쳐 있었다.

오늘은 정말 더운 날이었다.

## 걱정하지 마세요

먼 복도의 어두운 형체. 한 사람의 것인지 두 명의 것인지 알 수 없었다. 서로의 어깨 너머 엇갈린 고개와 등을 감싸고도 남은 손목, 옷깃에서 올라오는 입김이 아니었다면 포옹은 영영 한 사람의 것이다.

하나였던 가슴팍이 갈라지고 그 위엔 각자의 얼굴이 있다.

오늘은 너의 이야기를 들어주어야지, 많이 들어주어야지. 서로 다짐을 하고 자리에 나온 두 사람이 있다면 이들은 오늘 침묵하게 될까. 흰 얼굴엔 언제나 작은 상처가 나 있다. 상처가 쉽게 나는 살결인 건지, 잘 아물지 않는 것뿐인지 모르겠어요. 네 손톱이 조금 무뎌졌으면 좋겠습니다.

걱정하지 마세요, 라고 말하자 흰 얼굴이 걱정하지 않아요, 라고 답했다. 너는 나를 아랑곳하지 않는군요. 눈으로 흰 얼굴의 작은 상처를 찾는다.

푹 꺾이는 고개 하나.

흰 얼굴의 잠을 궁금해한다. 혼곤한 얼굴과 머리칼의 모양을 본다. 네가 불을 켜놓고 잤다던 밤을 오래 개켜두었어요. 그 밤으로 돌아간다면 방의 모든 모서리마다 내가 있을 것입니다.

흰 얼굴이 등장하는 꿈에 대해 말해달라 한다면 요약하기 어려운 것이다.

얼굴은 여전히 흰 얼굴의 잠을 궁금해한다.

내가 건네는 말이 모두 네게서 듣고 싶은 말입니다.

등 뒤에서 들려오는 손가락, 정면의 너를 부른다.

사랑해야 하는 딸들*

오직 사진을 찍기 위해 외출하는 날이 있다.

밖에 나가요. 잠든 어깨를 흔들고. 어깨는 더 깊은 잠을 당기다가, 등은 회색의 벽이 된다. 그래, 나도 나의 주말엔 너를 끼워주지 않을 거야, 다짐하다가도

정성 들여 네 아름다움의 목록을 꼽아본다.

저쪽에 서봐, 한 장.
발끝을 모아봐, 두 장.

두 번 다시 보지 못하게 될 것이 카메라일지, 카메라를 멘 너일지 모르겠어. 인화된 사진엔 봉긋하게 볼이 솟은 내가 가득했다. 가장 예쁜 나는 액자

에 걸리고 두 번째로 예쁜 나는 책상에 놓이고, 그
럼 세 번째로 예쁜 나는 누구일까.


　　마주 보며 웃음을 터뜨리다가
　　네 아름다움의 목록엔 내가 없구나, 알게 되고


　　기념일엔 사진을 찍도록 해요.
　　그런 사람인 게 아니라
　　그런 사람이어야만 했던 사람과
　　사진을 찍도록 해요.


　　웃어봐, 한 장.
　　웃지 말아봐, 두 장.


　　너희가 정말 가족이 되었구나.

훗날 우리를 보면서 이렇게 얘기하는 사람들이
있을 것이고


카메라 끈에 짓눌린 하늘색 어깨
빛나는 순간을 찾는 모서리
믿어야 한다는 마음으로 채워진 미소


이 사진첩은 한 사람으로만 채워질 것이다.


기념일엔 사진을 찍도록 해요.
모든 미래를 다 경험해서
더 이상 이룰 게 없는 사람과
사진을 찍도록 해요.


사랑받을 준비는 영영 끝나지 않고

우리는 아직 우리가 만난 순간에 이르지 못했다.

## 나의 아이


잊겠다는 다짐은 얼마나 집요한가.[*]

아이에게 옷을 입힌다. 겨울이 되면 입혀야 하는 옷이 많아서 힘들어. 외출하기 전부터 진이 빠져도 우리는 해야 할 일을 하게 되어 있다. 당도하지 않은 미래. 아이가 있다고 믿는 것보다, 나에게 아직 아이가 없다는 사실을 잊는 게 중요하다.

좋은 꿈을 꾸면 예지몽이라 하고 나쁜 꿈을 꾸면 반대라고 하는 거, 우습지 않나요. 네가 꾼 악몽을 들은 날 그 불운을 맞은 건 나였다. 세상에 별자리 같은 억지가 어디 있을까. 의지 없이도 손가락은 움직이지. 오탈자에도 모두 개연이 있다는 걸 모르는 사람들만 우리를 비난할 것이다.

모두 다 죽는 꿈,

혼자만 살아남은 기쁨,

사랑하기 위해 사람을 버리는 기쁨.

나의 아이는 그런 복을 타고날 것이다.


날짜를 착각해서 혼자 약속 장소까지 나갔다 돌아온 날이 있어. 그건 착각이 아니라 믿음이었다. 우리는 오늘 이곳에서 만나게 될 거야, 의심하지 않고서


단 하나의 믿음만을 믿기.

차라리 나쁜 해석에 온 마음을 쏟기.


시간은 사건보다 앞서가 있다.


* 유디트 샬란스키.

# 귀연

목요일쯤 되어서야 월요일의 마음을 헤아려볼 수 있었다.

아름다워지고 싶었을 뿐이에요.
연은 자신에게도, 나에게도 맞지 않는 식으로 몸을 펼쳤다.

모든 소리는 그 한가운데 있을 땐 근원을 알 수 없고 한 발짝이라도 벗어나야 짐작할 수 있다.

내가 아는 4월은 항상 추웠는데, 몇 해 전 봄 사진을 꺼내보면서 올해도 꽃구경을 마음껏 했다고 믿어보기로 했다. 나뭇가지 사이로 햇살이 걸리고 나머지는 그림자를 만들었다. 아래를 지나가는 사람들의 어깨에 밝은 무늬가 생겼다 사라졌다. 꽃가지가 만든 무수히 긴 조명을 지나면서.


　강물에 비친 분홍이 꽃나무보다 예뻤다.


　꽃을 보러 가자는 약속은 평생 겪을 봄날보다도
많았고
　우리는 그저 하늘 없는 구름 같았다.


　고백이 무기가 되려면 그만큼 큰 비밀이어야 하지.
　나는 서운한 마음을 곧장 이야기하는 법을 몰라요.
　연은 소리의 한가운데에서 생각했다.


　그날 밤 연은 몸살을 앓고
　다른 목소리의 꿈을 꾸었다.
　우린 마음의 한가운데서 벗어나 있었다.

## 피사체가 되는 연습

살아 있다는 긴장감.

잠에서 깨어난 순간부터 저녁을 기다렸어.


조금 있으면 환해질 거예요. 해변가를 따라 자전거를 타는 사람이 말을 건네며 지나갔다. 몇 초가 다르게 바뀌는 빛의 각도. 떠오르는 해를 얼마나 오래 바라볼 수 있을까. 눈동자를 따라 동그란 빛이 시야에 맺혔다. 햇빛은 곧 너에게 당도할 거야.


두 번 다시 볼 수 없다.

이 말 조금 이상하지 않나요.

영원히 죽지 않을 듯이 오만한 고백이에요.*


빛에 깨어날까봐 안대를 씌워주려 했어. 결국 너를 깨운 건 내 손이었지. 나 혼자 사라지고 싶지 않아.

같이 해가 떠오르는 걸 바라보자. 재가 된 두 쌍의 발이 신발 채로 툭 떨어질 때까지.**

신발을 벗고 바다에 발을 담갔다. 너도 들어와, 외쳐도 너는 신발에 한 줌 파도도 묻히지 않았다. 이건 파도에 발 안 닿기 놀이야, 웃으면서.

쏟아지는 햇빛 속에 혼자 남았다.
다행히 나는 이런 일을 자주 겪었어.

바닷속에 오래 들어가 있으면 멀미 나는 거 알아요? 나는 가만히 있는데 자꾸 밀려나는 것 같아.

이제 눈이 너무 부셔요. 일어날 때가 됐나봐.

모래가 묻은 신발을 양손에 들고 걷는데 네 말을 듣고 목울대가 저렸다.

　떠날 때가 됐는데도 아늑하면, 그게 더 문제가 아니겠냐고.

\* 롤랑 바르트.
\*\* 박찬욱, 〈박쥐〉의 한 장면.

## 눈을 묻히고 현관으로 들어설 미래


다녀올게, 그래도 우리 괜찮아.
너는 이렇게 말할 것이다.


국경이 없었다면 만나러 갈 생각을 하지 않았을
거야. 가방과 옷에 커피 냄새가 배어 있는 채로 겨
울 거리를 걸었다. 네가 머물렀다던 수도의 이름을
몇 번이고 다시 물었다. 나는 네 목덜미의 냄새를
떠올리고 싶을 때 조용히 그 수도의 이름을 되뇌었
다.


경계가 없다면 우리는 불안했을 텐데.


첫눈은 늘 어설프게 내리지.
옷깃에 양 볼을 파묻고 집으로 들어갈 저녁을 기
억하더라도

한낮엔 느리게 걸어야 한다.
코트 깃이 닿은 목덜미에 땀이 흐른다.


나 좀 봐줘,
거울 앞에서 매무새를 살피다가 너를 찾는다.


나와 가까운 장소의 일은 걱정하지 않는 편이야.
네가 머물렀다던 그 수도에 지진이 일어난 날 잠들
지 못했다. 침대에 작은 흔들림이 느껴졌던 밤에는
아랑곳하지 않았는데


다녀왔어,
너는 이렇게 말할 것이다.

## 사물이 사람을 먼저 알아챈다

어떤 컵을 고를까.
씻어놓은 컵들이 없어서
아침에 일어나 물을 마시지 못했다.


벽에 걸린 그림
안의 연인은 그림 밖을 쳐다본다.


한 명을 가려놓고 봐도 이상할 게 없네.
같이 있는데도 혼자인 표정이네.


손바닥으로 한 명을 가려보고
또 다른 한 명을 가려본다.


어떤 옷을 입을까
굽은 어깨에 맞는 옷이 없어서

저녁마다 어깨는 조금씩 더 굽어 있었다.

해가 길어진 유월엔
집에선 낡은 오렌지 향이 불어왔다.

씻어놓은 컵이 없을 때 어떻게 하니.
침대에 누워
천장을 보며 질문했다.

한 손으로 커피잔을 젓고 있으면
나머지 빈손을 거머쥐던 손.

마르기 전에 씻어놓는 게 좋아.
너는 싱크대보다 한참 낮기도 하고
어느 날은 우뚝 솟아 있기도 했다.

마루에 젖은 그림자가 서성였다.


찬장을 열어줘.
줄곧 부탁하는 건 너였는데
이젠 발뒤꿈치를 들어도 찬장에 손이 닿지 않는
다.
알람이 길게 울린다.
내가 아니면 아무도 나를 깨워주지 않는
오전의 어지러움.


맨발로 깨끗한 마룻바닥을 밟는다.

## 바라던 일이 오후에 이루어짐

하룻밤 사이에 손톱이 자라 있었다.
자꾸 부딪히는데도 손끝은 구부릴 줄을 모르고
어제보다 조심해서 사물을 쥐었다.

반들거리는 새 손톱을
손끝으로 종일 문질렀다.

반을 나눠 갖기로 한 여름 과일이 문 앞에 도착
해 있었다.

그렇게 먹으면 물이 너무 많이 떨어져.
일부러 모서리를 뾰족하게 남겨놓았다는 조각이
나에게는 너무 컸고

짓이기지 말고 베어 물기만 해봐.

내 앞에만 너무 많은 물이 고였다.
더는 나눠 가질 수 없을 만큼 짓물러버렸다.


피곤을 감추려
사람을 무릎에 누이고


정수리, 미간, 눈썹 뼈를 차례로 눌러주었다. 귀,
광대, 턱선, 어깨까지. 허락해준다면 지난주의 이야
기까지. 자근자근 손가락으로 눌렀다.


한낮이 지나가고


간접 조명만 켜둔 방 안엔
셔츠가 사람처럼 걸려 있었다.

일어서려는 나를 바라보는 사람의 표정
어깨를 쥔 양손의 악력이 느리게 흘렀다.
나는 그런 식으로 나를 방치했다.


다음에 봐,
그땐 여름을 덜 짓무르도록 할게.

# 예식

독을 탄 잔이 어느 손에 들렸는지
뒤를 도는 순간 잊어버렸다.


둘 중에 누가 죽을까, 고민하기엔
나는 사람을 너무 쉽게 믿어버리고


신기하지.
암흑이 뒤덮어도 선연한 겨울
어둠 속에서도 흰색이 보인다.
구두코가 맞은편 의자에 닿는다.


손이 없는 사람은
무엇으로 청혼을 받을까.
손가락이 자라나는 꿈을 꾼다.

나는 나를 근심해.

이게 네게 줄 수 있는 최상의 마음이다.

## 가정 계약

나와 계속 살았다면 어땠을 것 같아요?
한 시절이 지난 후에 네가 물었지.

내게는 문도 창문도 없었다.
무엇부터 해야 할까.
복층 침대에서 생각을 붙잡곤 했다.

너에게 가려 채비하는 동안, 그리고 너에게 당도
한 그 순간에도 나는 행복했어요. 언젠가 분명 나는
혼자이길 바랄 텐데. 이미 혼자임에도 더 혼자이고
싶어. 바닥에 누워 체온에 손을 올려놓고 돌아갈 시
간을 살피곤 했어요. 누구에게든 부담을 주지 말자
고 다짐한 사랑은 어느 쪽이든 쉽게 버릴 수 있습니
다. 말할까, 하지 말까를 고민하는 매 순간

그런데도 너를 대신할 수 있는 집은 없어요.


얼마나 많은 주말을 보내야 함께 있는 게 휴식이
될까.
서로의 너머에 있는 창문을 바라보면
창밖은 초록을 섞은 꽃 장식으로 가득했다.


"너는 내 친구가 아니잖아." 네가 나 아닌 다른 아
이에게 했던 말 기억하나요. 그 말이 오래도록 나의
정처였습니다. 훗날 집을 지을 수 있게 되면 벽에
네 이름을 적을 거야, 집을 옮길 때마다 다짐하곤
했어요. 그 위에 진녹색 벽지를 바를 거라고. "bis
morgen*" 잠들기 전에 이름에 손을 얹고 말할 거
라고.

등에 닿는 벽의 찬기.

침대 위에 둘러놓은 염려들이 아침이면 다 바닥에 떨어져 있었다.


개수대에 물을 틀면 바닥이 젖고

그런 날들이 꽤 오래되었다는 걸 생각하지 않으려 노력했다.


너를 사람들에게 보여주면서 아무도 너를 싫어할 수 없을 거야, 확신했어요. 이제는 너를 닦고 닦아도 깨끗하지 않아. 떠날 때를 느끼는 감각은 언제나 선연합니다.


과거가 되리란 것도 모르는 채

집은 거기 사는 사람과 함께 있다.

이제 내게 어떤 짓을 해도 괜찮습니다.

나는 너를 싫어할 수 없는 사람이 되었거든요.

* 내일 보자.

## 오로라가 아니라

전화에서 그는 언제나 출발선에 놓여 있다.

죽기엔 아직 하고 싶은 일이 많아요,
말을 뱉어놓고 하고 싶은 일을 떠올려봤다.
오로라를 보러 먼 곳으로 가는 것.

올해는 가까운 곳에서도 볼 수 있대.
내가 사는 곳에서 오로라를 볼 수 있는
가장 가까운 곳을 너는 알고 있니.

등장인물 소개 페이지에 손가락을 끼워놓고
사람과 배경이 머리에 들어올 때까지
손가락을 빼질 못하는 희곡집.

손가락과

페이지의 거리만큼이나
먼 곳으로 가고 싶었다.


내가 나인 게 잘못인 것 같은 날이 있지.
아름다운 사랑 이야기를 읽고 싶다면
상처받은 사람을 떠올리기만 하면 됐다.


누가 말할 차례일까.
우리는 공허를 붐비고
매초마다
이제 끊어야겠어요, 라고 말했다.


죽기 전에 하고 싶은 일이 무엇인지
목소리가 사라진 후에야 다 떠올릴 수 있었다.

목소리는 사라진 후에야 떠올랐다.


맨다리에 습기를 머금은 이불이 닿는 게 싫어.
유월의 밤엔 나를 전부 기대기가 어려웠다.


다 끝맺지 못한 것이 아쉽다 생각했는데
우리가 나눈 것이
이야기였다는 믿음이 괴로웠다.


머리맡에 읽지 않은 책들이 쌓여가고
더 살고 싶지 않은 기분은 낮아질 줄 몰랐다.


불을 끄고 하고 싶은 일들을 마저 떠올렸다.

3부

추 신

# 안식일

사랑하는 데 일주일을 다 써버리곤 했다.


지금보다 더 나은 시대에 태어난다는 건 불가능
한 일이에요.
순간 그늘진 얼굴.
그런 얼굴을 할 자격에 대해 생각했다.


사람에게 상처를 주고 싶을 때
먼저 가볼게요, 라는 말을 꺼내곤 했다.


야곱이 천사와 싸운 것은 실수가 아닐까.
신을 이겼다는 것은 커다란 불행이었다.


검사받아야 하는 일기장에
더는 그 이름을 숨기지 않고 적었다.

# 두 개의 편지를 한 사람에게

*

한 통은 당신에게
다른 한 통은 사라진 당신에게

마음은 어떻게 흘러서 과거에 가닿는지
먼 시간을 돌아 이 말을 전해.

*

아직 겨울은 아니야.
네 말에 그럼 언제부터 겨울이냐고 되물었지.
함께 오후를 보내는 것이 지겹지 않을 때,
자신의 인생을 낯선 아이에게 빼앗길 때.

자신의 인생, 이라는 말 이상하지 않니.
그런 게 정말 있다고 생각하니.

네 물음에 나는 말없이 가라앉아.

 사람들 앞에서 너의 부끄러움을 숨겨주지 못한
날이 있었지. 저희끼리 부딪치며 소리를 내는 나뭇
잎들. 창을 열어둔 방 안으로 나뭇잎이 쏟아져 들어
왔어. 너는 언제부터 그렇게 느꼈던 걸까. 침대에
혼자 일어나 외출 준비를 할 때, 머리를 빗을 때, 소
리내어 나무 빗을 탁자 위에 올려놓을 때, 먼 타지
에서 불어와 방을 흔들어놓는 어떤 기운. 그 속에서
너는 눈을 감아. 내 마음은 꽤 긴, 필요 없이 아름다
운 문장들이었어.

 사진을 찍으러 외출하는 날엔
 살아 있는 것을 사냥하러 나선 기분이야.

너는 살아 있는 것들이 싫다고 했지.

카메라를 챙겨 밖으로 나갔어.

                        *

그때 기억은 주변을 사운거리다 유리창을 뚫곤
했어.

대수로운 일이 아니라는 듯

바람이 들이치고 낱낱의 종이들은 방향을 잃어.


눈을 감고 살아온 곳들의 주소를 외웠어.


슷눈길 위를 누가 먼저 밟을까.

하나 둘 셋

동시에 발을 디디자 약속할 때

왼발일지 오른발일지 정하는 얼어붙은 뺨

우리의 기쁨을 겨울새들에게 뺏기게 될 거야.
우리의 기쁨이란 건 무엇일까.
함께 있다는 건 정말 좋은 것일까.


그래서 그날 먼저 눈을 밟은 게 누구였나.


돌아오는 대답 없이 작은 탄식이 전부일 때
이 순간이 아주 오래된 미래가 될 것임을 알고
있어.


*


가방을 아무렇게나 바닥에 내려놓는 사람이 있고
꼭 무릎 위에 올려두는 사람이 있고
품 안의 가방에서 훅 끼쳐오는 원두 냄새

아직도 그 냄새가 나면 뒤를 돌아보곤 해.

그날 꼭 쥐어야 할 것이 가방이 아니라 서로의
손이었다면
가방을 놓았다면
각자의 집으로 살아서 돌아갔다면

아파, 좀 놓아줘.
수행되지 않은 기억 속에서 나는 악력을 느껴.

함께 있다는 건 정말 기쁨일까.
시간이 흐르면 정말 과거를 이해할 수 있게 될까.
너는 이해할 수 있는 장소일까.

무엇이든 그것과 친해지려면 우선 사진을 찬찬히

살펴야 해.

　움켜쥐었던 가방 안

　구겨진 사진

　죽어 있는 미소를 오래 바라보면 천장에도 잔상
이 맺혔어.


*


　아직도 사이렌 소리를 들으면 뒤를 돌아보곤 해.


　아파서 깨어난 건지

　깨어났는데 아픈 건지 모를 때가 있어.

　제일 덜 아픈 자세를 찾으려 뒤척이다가

　이런 데 혼자 누워있으면 안 돼,

　네가 나를 안고 침실로 데려갔어.

그날 아주 단잠을 잤어.
일기에 적어놓고 싶을 만큼.


오늘 나는 언제 아팠냐는 듯 곤한 잠을 잤습니다.
깨어나니 옆에는 아무도 없었습니다.


*


우리 이야기의 시작은 어디일까.


유한한 마음으론
한없이 사랑받을 수 없다는 것.


이제 이 정도의 비밀은 꺼내어볼 수 있지 않을까.


'편지를 받는 사람이 직접 뜯어보라'

겉봉에 적어 보냅니다.

# 저녁이 올 것은 아침부터 정해져 있다

언제쯤 구월에 놀라지 않게 될까. 머리 위로 창문이 있었구나, 깨닫는 아침에 도마뱀이 자기 꼬리를 물고 손목에 감겨 있다. 나 빼고 다 술래인 술래잡기에선 어디에 몸을 숨기는 것이 좋을까. 숲길을 걸으면서 나뭇가지를 버리기 가장 좋은 장소를 찾는다. 달빛이 밝고 숲이 충분히 어둡다면 밤에도 그림자가 생길 수 있다는 걸 알고 있습니까. 풍선을 놓쳐버린 손이 허공을 흔들며 운다. 아이가 처음으로 상실을 배운 순간, 몸을 숨기려 소음 안으로 들어간다. 고백은 상상력이라서 가장 힘든 결말을 떠올려보는 것뿐이에요. 술래는 나 혼자뿐인 술래잡기에서 거세게 뛸수록 도마뱀은 손목을 더 세게 감았다. 끊어질 것 같아. 손목이 편해질수록 이제 올 것이 왔다는 생각이 들었어요. 끝을 모른 채로 뛰다가 어느새 아무것도 손목에 감겨 있지 않다는 걸 깨달았다. 숨을 고르며 성당 못을 다시 돌았다. 주변을 살폈지만 도마뱀은 보이지 않았다. 언젠가 헤어지기 위해 매일 만남을 수행하는 연인들처럼

걱정하는 사람이 있다면 걱정을 덜어줘야지.
사랑하는 사람에게 사랑을 더해줄 수는 없으니까요.
나는 큰 것을 바라지 않습니다.

# 사랑하는 조용한 나의 자리


세 자리 번호를 계속 되뇌다가
사람이 적은 버스에 올라타고서


어쩐지 사람이 너무 적더라,
되뇌던 번호가 아니란 걸 깨닫고도 내리지 않았다.


차가 멈추면 나한테로 와,
이리로 와,
혼자 앞좌석에 앉은 아이에게 어떤 사람이 손짓
했다.
옆자리를 비워둔 채로


사랑하는 조용한 나의 자리
사람이 많이 찾지 않아 사랑하게 된 나의 자리,
영원히 사라지지 않으려면 사람들이 찾아줘야 하지.

하지만 너무 많은 사람들이 찾으면 더는 사랑할 수 없는 나의 자리.

어디가 시작이고 종점인지 알 수 없이 도시를 돌았다.

눈을 떠보면
그곳에 당도해 있을 거라고
세 자리 번호를 계속 되뇌면서
눈을 감고 차창에 머리를 기댔다.

그곳에서 당신은 메밀국수에 넣을 무를 갈아놓고, 남은 무로는 생채를 담가놓고, 아침에 고른 신선한 생선을 냉장고에 넣어두고, 조금 주린 배를 참고선 나를 기다리고 있다. 옷을 고르느라 헤집어놓은

안방을 치우면서 목덜미에 땀이 조금 흘러 있고

선반에 놓인 청사과가 반짝인다.

그래서 당신,
결말을 다 알고서도 같은 선택을 할 건지.

뒷문이 열릴 때마다 햇볕에 말라가는 물비린내
가 났다.

사랑하는 조용한 나의 자리
당신 목덜미의 냄새가 얼마나 좋은지 잊고 있었어.

미래를 알고 있는 눈빛으로 포옹을 한다.

PIN

053

# 미래의 냄새

봉주연

에세이

## 미래의 냄새

물난리, 라는 말을 매년 여름 생각하곤 한다. 입 속에 넣어 굴려보면 '물랄리'로 발음되는, 말하다 보면 정말 불어나는 물에 중심을 잃고 빠지게 될 것만 같은 단어.

'예측 가능한 미래'를 준비하는 것. 나의 직업에 대해 누군가 물어보면 이렇게 대답할 것 같다. 세상의 일들은 어느 정도 비슷한 패턴을 갖고 반복된다. 예를 들면 4-5년을 주기로 열리는 선거나 스포츠

이벤트가 있을 것이다. 여름철의 폭우와 폭설, 가을의 안개, 겨울의 첫눈 등 기후 현상 역시 1년 주기의 패턴이다. 어떤 일들도 대수롭지 않다는 듯 예측하고 대비하는 것, 신문사에서 내가 하는 일을 요약하면 이 정도로 얘기할 수 있겠다.

일기예보에 폭우나 폭염 주의보가 뜨면 그해 여름을 떠올리게 된다. 기록적인 폭우가 내려 폭우에 지하 차도가 잠기고 산이 무너져 사람이 여럿 죽은 해가 있었다. 오후가 되면서 사상자의 숫자와 전국의 피해 상황이 속보로 뜨기 시작했다. 갑작스러운 재난 상황이긴 했지만 앞서 말했듯 그날의 폭우 피해 역시 '예측 가능한' 사건이었다. 기사가 늦게 들어올 것을 대비해 사무실의 편집 기자들은 기사의 제목을 미리 생각해둬야 했다. '사상자 숫자'만 갈아 끼우면 되는 평이한 제목. 산사태가 크게 났다고 하니 '마을 집어삼킨 산사태' 이런 관용구를 생각해두고, 실종자가 생길 테니 '진흙 더미 헤치며 실종자 수색 안간힘' 이런 제목도 찾아둔다. 정부와 지자체의 방관을 지적할 테니 '지자체, 뒤늦게 대피 명령… 살릴 기회 있었다' 이런 비판 투의 제목도 적어놓는다. 생존자의 증언과 CCTV, 피해자 지인과의 통화 내역 등을 통해 당시 상황을 스케치한 장면이 있다면 '토사 덮쳐 부녀 함께 참변'이나 '새신랑도, 안부 묻던 엄마도 참변' 이런 문장도 생각해 두면 도움이 됐을 것이다.

그날 나는 마감 때까지 조금 얼이 빠진 채로 아무런 제목도 생각해 두질 못했다. 신문국 편집부 사무실에서 내가 종일 한 일은 '상상'이었다. 2-3분 만에 물이 차올랐다는 지하 차도를 상상했다. 그 속을 지나갔다는 빨간 버스를, 물이 차오르는 버스 안 뒷좌석을 떠올렸다. 버스 기사가 승객들을 탈출시키려 깨뜨렸다는 유리창을 그려봤다. 다리 난간에 올라 물에 휩쓸려가는 사람의 손을 붙잡은 악력을, 사람의 소식을 기다리고 있을 어떤 이의 발뒤꿈치 같은 것을 상상했다. 그럴수록 머릿속 카메라는 더 구체적인 사물을 비췄다. 상상 속 카메라 렌즈에 빗물이 비쳐 장면이 뿌옇게 변하기도 했다. 정작 나는 습기 없는 에어컨 공기로 채워진 사무실에 앉아 건조한 눈을 깜빡일 뿐이었다.

〈산사태에 묻히고 급류에 쓸리고… 사망·사상자 15년來 최악〉

하루 종일 사무실에 앉아 생각해낸 제목이란 게 겨우 저런 문장이었다.

"이런 날은 미리 제목을 달아놔야 해"
그날 부장이 나에게 한 말이 오랫동안 마음에 남았다. '예측 가능한 미래'를 가늠해서 준비해놓는 자세. 작년, 재작년의 제목을 가져와 올해 사건 사고에 대처하는 순발력. 예년과 같은 문장으로 앞날의 사건을 묘사하는 능력. 내 직업군에 필요한 그 능력이 나에겐 부족했다. 마감을 마치고 퇴근 시간이 훌쩍 지났는데도 자리를 쉽게 벗어날 수가 없었다.
모든 일에 초연한 듯, 세상의 일들을 다 겪어봤다는 듯 어떤 재난과 재해를 대하다 보면 내 사람됨의

한 부분이 사그라드는 기분이 들곤 한다. 어떤 슬픔에도 무던하고 능숙해야 하는 그 능력이, 이 직업군에 아무리 오래 있어도 생경하게 느껴진다.

퇴근길에 친구에게 연락해 안부를 물었다. 그는 물이 참 무섭다고, 불난리는 없는데 왜 물난리란 말만 있는지 신기하다고 말했다. 그러게, 왜 물난리만 있을까. 아무튼 내일도 비가 많이 온대. 조심해. 나는 그에게 곧 다가올, 예측 가능한 미래를 조심하라고 일러주었다.

'신들린 연애'라는 연애 프로그램을 봤다. 무당, 역술가, 퇴마사 등 다양한 점술가들이 모여 자신의 짝을 찾는다. 타인의 미래를 점치는 사람들이 엇갈리는 자신의 운명과 마음 앞에서 어쩔 줄 몰라 하는 모습이 무척 매력적으로 보였다. 흥미로운 점은, 그 누구보다 '예정된 미래'를 따를 것 같은 사람들이 결국엔 마음이 가는 대로 최종 선택을 했다는 것이다. 그중에서도 가장 눈길이 갔던 사람은 허구봉이라는 역술가였다. 그는 자신의 '운명'으로 점쳐진 함수현이라는 무속인을 줄곧 선택했다. 문제는 그가 아주 세밀한 운명까지도 볼 수 있다는 것이다. 그는 초반엔 함수현이 먼저 적극적으로 다가올 것을 알고 있었다. 어느 순간엔 다른 남자와 자신이 경쟁하게 될 거고, 여자는 결국 자기를 떠나 다른 이를 선택할 것까지. 이 모든 앞날을 허구봉은 알고 있었다. 그러나 그는 이 모든 정해진 운명을 감수하고서 함수현을 최종 선택한다. 그는 말한다. "현재에 충실하고 싶었어요. 미래를 보는 사람인데. 역술가로서의 어떤 본분을 내려놓고 싶었어요. 이번만큼은 사실 틀리고 싶었어요."

'이번만큼은 틀리고 싶었다'는 지순한 인간됨. 그 인간됨이 오히려 그를 가장 충실한 역술가로 만들었다. 슬픈 미래일지라도 그 미래를 향해 주어진 현재를 차근차근 수행했으니, 이보다 더 성실하게 '역술가로서의 본분'을 지킬 방법이 있었을까.

영화 〈컨택트〉(드니 빌뇌브, 2017) 역시 비슷한

주제를 이야기한다. 언어학자인 주인공 루이스는 지구에 외계 생명체가 당도하자 그들의 언어를 연구하는 임무를 맡게 된다. 외계인들에게 시간은 '과거-현재-미래' 순의 선형으로 흘러가지 않는다. 그들은 '미래를 기억'한다. 그들은 문자 역시 왼쪽에서 오른쪽으로 적는 '시간 순의 방식'이 아니라 과거, 현재, 미래가 구분되지 않는 방식으로 적는다. 루이스가 외계 언어를 익힐수록 그들의 시간 체계를 습득하면서 자신의 미래를 보게 된다. 자신의 딸이 불치병으로 죽는 모습을 본다. 아이는커녕 결혼도 하지 않은 현재의 루이스는 어리둥절하다. 하지만 차츰 자신이 미래를 볼 수 있고, 그 미래를 향해 하나씩 현재를 수행해나갈 것임을 알게 된다.

루이스는 동료 과학자이자, 미래의 남편이자, (불치병에 걸려 죽게 될) 딸의 아버지가 될 이안이 자신에게 사랑을 고백하자 대답 대신 이렇게 질문한다. "당신의 전 생애를 다 볼 수 있다면, 삶을 바꾸겠어요?" 루이스는 그 끝을 알면서도 모든 순간을 기쁘게 맞이하기로 다짐한다. 영화의 마지막에서 들판을 뛰어다니는, 건강한 모습의 딸아이에게 "come back to me"라고 말하는 루이스의 표정이 잊히지 않는다.

　생生은 반복으로 지탱된다. 작년 폭우 기사에 썼던 제목을 올해 기사에도 그대로 옮겨 쓸 수 있는 것처럼. 삶의 어느 기점을 지나면 대부분의 일들이 예측 가능한 선에서 이루어진다는 걸 깨닫는다. '이미 경험한 미래' 앞에서 사람은 기대를 잃고 무력해지곤 한다. 그리고 시는 이와 정반대의 일을 한다.

　결말을 알고 있는 이야기를, 마치 생전 처음 듣는 이야기라는 듯 눈을 반짝이며 귀 기울이는 것. 다 해본 일을 처음 해보는 듯 즐거워하는 것. 끝을 알고 있는 사랑일지라도 일단 빠져보는 것. 서둘러 짐작하려 들지 않는 것. 대화하는 중에 상대의 말을 끊지 않는 것. 지루하단 눈빛을 보내지 않는 것. 이런 순수, 혹은 무지. 이런 아둔함, 혹은 용기가 삶을 반짝이게 만든다. 거스를 수 없는 시간이란 물살을 반짝이게 만드는 물비늘.

얼마 전 강릉 바다에 다녀왔다. 그곳엔 아이와 함께 바다에 처음 와본 듯한 가족이 있었다. 어른은 발뒤꿈치가 여린 아이를 조심히 파도 가까이에 데려가 말했다. "여기가 바다야. 이게 바다 냄새야." 풍경이 좋은 곳엔 늘 과거와 미래가 동시에 있다. 아이가 생전 처음 밟아본 파도에 웃음을 터뜨릴 때, 처음 맡아본 바다 냄새에 눈을 반짝일 때, 어떤 과거는 빛나는 미래가 된다.

나도 처음 밟아보는 파도인 듯 신나게 바지를 걸어 발을 적셨다. 나중엔 밑단을 걷은 게 무색하게 더 깊은 파도로 들어갔다. "너도 들어와." 물이 묻는 게 싫다고 들어오려 하지 않는 친구를 재촉하는 모습. 이 모습은 올해도, 내년 여름에도 반복될 것이다. 3년, 5년, 10년 뒤의 여름에도 지겨운 줄도 모른 채 반복될 미래. 나는 주저 없이 바닷물에 바짓단을 적신 채로, 모래사장에 주저앉은 친구는 그런 나를 바라보며 웃는 채로, 수없이 반복되는 미래의 장면.

물난리, 라는 말을 내년 여름에도 생각하게 될 것이다. 비가 거세게 내리면 '올해는 물난리가 나면 안 될 텐데' 걱정하면서. '물랄리'로 발음되는 단어를 입속에 굴려가면서. 말하다 보면 정말 불어나는 바지 밑단을 적시게 될 것만 같은 단어. 수없이 반복되는 '난생처음'의 경험. 밀려오는 물의 냄새를 기억한다.

PIN

053

# 다시, 당신에게

송현지
작품해설

## 다시, 당신에게

1

　그동안 내가 쓴 편지들은 어디로 갔을까. 대부분
은 어디에 휩쓸려 사라졌거나 여러 갈래로 찢긴 채
쓰레기들과 함께 태워졌을 것이다. 그러니 나는 다
시는 내가 쓴 편지를 읽을 수 없다. 아무리 애써도
내 마음을 그대로 적을 수 없던 어느 날에는, 나중
을 생각하지도 않고 마음을 떼어내어 보내기도 했
기에 이 말은 내가 마음의 한구석이 영영 비어진 채
로 살아가야 한다는 뜻이기도 하다. 그러나 실망하
기는 이르다. 나의 서랍에는 써두고도 보내지 않은

편지가 있다. 차마 보낼 수 없어서 모아둔, 그래서 더 내밀한 마음이 담긴 편지. 편지지 맨 위에 '당신에게'라고 적은 후 한때는 전부였던 누군가의 이름을 부르는 것으로부터 시작되는 편지를, 나는 읽어본다. 때로는 나를 이렇게 다 발가벗기면서 말하고 싶었구나, 그만큼 외로웠구나, 다독이며. 그런데 가만. 지금 이 편지를 읽고 있는 나는 편지의 새로운 수신자가 아닌가. 과거의 내가 봤다면 '당신'이라고 부를 만큼 달라진 나. 시간은 언제 이렇게 흘렀나. 무엇이 나를 이렇게 변하게 했나. 나는 떠오르는 생각들을 편지 위에 덧붙여 적고 다시 봉투에 넣어둔다. 이제 이 편지는 '당신'이라는 이름 아래 세 수신인을 갖게 되었다. 사랑했던 '당신'과 이 편지를 읽고 있는 지금의 '나'와 앞으로 그것을 읽을 미지의 누군가.

눈치챘겠지만, 이 모든 일의 주어는 내가 아니다. 봉주연은 편지의 양식으로 첫 시집을 묶었고 그것을 조금 먼저 받아본 나는 이것이 어떠한 경로로 내게 도착했는가를 궁리해보았다. 시와 편지가 화자의 내밀한 고백이라는 점에서 닮아 있다고 믿는 이에게 이것의 층위를 복잡하게 따지는 나의 말은 어쩌면 불필요하게 여겨질 수도 있겠다. "나는 나를 다 보여줬어요"(「집들이」)라고 말하는 화자처럼 시인이 시를 통해 무언가를 고백하고 싶었던 것은 아니었냐고 반문할 수도 있다. 그렇지만 동시대 많은 시들이 서정시의 저 오랜 정의에서 멀어지고 있는 것을 모를 리 없는 이 젊은 시인이 이러한 선택을 한 것에서 나는 어떤 용기를 본다. 자신의 시가 (부정적 의미에서)'고전적'이라고 평가되거나 '러브레터'와 같이 단순히 읽힐 위험을 무릅쓰는 용기. 이것은 그에게 편지 양식이 그만큼 필요했다는 말이기도 해서 왜 편지여야 했는가를 물으며, 나는 당신과 그의 시를 함께 읽어보고 싶다.

2

이런 질문이 도움이 될 수 있겠다. 편지의 시간은 어디에 속하는가. 앞서 가정한 상황에 기대어 이야기해보자면, 편지는 쓰는 시간과 읽는 시간차로 인해 하나의 시간대에 속하지 않는다는 점을 그 특징으로 삼는다. 말하자면 편지는 (도착될)미래를 향해 지금 쓰이는 글이자 도착 이후에는 과거(에 작성된 내용)를 현시점에서 읽게 되는 특수한 글로서 여기에는 미래와 현재와 과거가 동시에 있다. 봉주연의 시가 이와 다르지 않다는 점을 먼저 눈여겨보자. 이것은 봉주연의 화자가 누구보다도 시간의 흐름을 민감하게 의식하는 자라는 사실과 밀접하게 연관된다. 시간이 지나간 후에야 시간이 흘렀음을 알아차리는 대부분의 사람 사이에서 유독 이를 예민하게 감지하는 자는 시간의 흐름이 자신에게 중대한 변화를 불러오는 원인임을 알아버린 이일 텐데, 봉주연의 경우 이것은 관계의 변화와 닿아 있다. 그는 일상의 작은 사건에서도 사랑의 미래를 본다.

손톱만 한 달이구나.

비애는 비유가 아니다.

비행운에 가려질 만큼

오늘 자른 손톱이 저것만큼 가늘었어요.

당신은 자주 손톱을 자르는 사람이군요.

손톱 밑에 붉은 것이 묻어 있는 걸 보았다.

내가 나를 피 흘리게 만든다는 것이 무서울 때가 있어요,

자는 중에도 피가 흐른다는 걸 느껴요.

그가 손톱으로 나의 팔을 긁었다.

가로등 빛 아래는 해석의 여지가 많고

차들은 차선과 겹쳐 있다.

왼쪽으로 치우친 차 안에서도 사람들은 한가운데에 놓여

있다고 느낀다.

시간이 가까이에 있어요

공간은 멀지 않고

당신은 내게서 얼마만큼 겹쳐 있습니까.

물병이 뒤바뀌었다는 걸 알아채고

나의 신발이 무엇인지는 구분할 수 있지만

다음에도 만나자.

이 약속은 누구에게서 나온 것인지 알지 못했다.

당신에게 서운한 마음을 이야기한다면

그건 네가 내게서 멀지 않다는 뜻입니다.

너의 팔이 긁힌 세기로 나를 기억해줘.

뒤늦게 붉은 줄이 그어졌다.

헤어지는 장소에서 오래 눈을 맞추고 손을 흔들어줄 것.

내게서 우리가 뜯겨 나간다.

미래의 생애가 될 감정이다.

　　　　　　　　　　　　　　　　　　─「그러면 나의 절망을 말해줄 테니」 전문


　가령 "손톱만 한 달"이라는 표현이 이를 잘 보여준다. 한때는 서로를 "우리"라는 말로 묶게 했던 빛나던 사랑이 이제는 이울어졌음을 화자는 가늘어진 달을 보고 짐작한다. 여기서 그가 '손톱'을 떠올린 것은 저 달이 그가 최근 자주 봤던 잘린 손톱의 형상과 유사하기 때문일 것이다. 매일 자라나는 사랑의 감정을 손톱의 자라남에 빗대어본다면, 손톱을 자주 자르는 이는 더 이상 사랑을 지속하고 싶지 않은 자이며 그런 이가 남긴 가는 손톱은 이들의 위태로운 관계와 다르지 않다. 손톱을 자르는 사람에게도, 그 손톱에 긁힌 이에게도 모두 상처가 생기는 관계. 이제는 서로가 "얼마만큼 겹쳐 있"는지 알 수 없는 그들에게 이별의 시간은 그들 사이의 거리보다 더 가까이 있는 듯하다.

그런데 이처럼 당신과 헤어지는 상황을 화자가 재현하는 가운데 미래에서 온 듯한 목소리가 섞인다는 사실에 주목해보자. "내게서 우리가 뜯겨 나간다"는 사실과 이별하며 느끼는 지금의 감정이 살아가는 내내 자신과 함께 할 것임을 현재형으로 진술하는 목소리("미래의 생애가 될 감정이다")는 어디에서 온 것일까. "다음에도 만나자"라고 말했던 순간이 사실은 헤어지는 순간이었음을 아는 때는 시간이 한참 흐른 후 밖에 없지 않은가. 봉주연의 비유에 기대어 말해보자면, 운전하는 "차 안에" 있는 자는 자신이 한쪽으로 치우쳐 있는지 알 수 없지 않은가. 마치 차 밖에서 차 안을 바라보는 듯 미래를 보고 온 자의 것처럼 들리는 저 목소리는, 그렇다면 과거를 회상하는 지금 '나'의 목소리가 삽입된 것일까? 그럴 수도 있겠지만 꼭 그렇게만 읽을 수 있는 것은 아니다. 그의 시에서 이렇게 결말을 미리 알고 있다는 듯 말하는 이는 '나'만이 아니기 때문이다.

예컨대「새매라는 새」에도 "일어날 일 중에 어떤 일들은 / 이미 다 결정되어 있는 것 같"다고 "입버릇처럼" 말하는 '너'가 있다. 미래란 정해진 일들이 "하나씩 수행되는" 것이라는 듯 그는 "상처받는 역할이 상처 주는 역할을 버리게 되어 있"다고 단정하기도 한다. 그의 말에서 우리는 가장 먼저, 미래를 기대하지 않으려는 방어적 태도를 읽을 수 있는 한편, 그에 담긴 그의 숱한 경험들 역시 짐작할 수 있다. 그렇다면 미래를 짐작하는 앞선 목소리는 정말 미래에서 온 것이 아니라 비슷한 경험을 반복해 온 그가 미래를 예감하며 내뱉는 말로도 읽을 수 있지 않을까. 그렇게 읽을 때 우리는 봉주연의 화자가 새로운 관계를 시작하면서도 아래 시에서와 같이 난데없는 말을 하는 까닭을 짐작하게 된다.

밤 산책은 어깨를 두른다.


등을 맞대고 있으면
나의 오른손이 너의 왼손이고

그건 마주 보고 있을 때도 마찬가지다.


집에 초대해달라는 말에

역에서 만나기로 하자, 약속하고

손을 내리고 나란히 걸었다.


집으로 향하는 언덕을 보여주었다.


(……)


몇 번 손등이 스치자

한 명이 팔짱을 끼고 걸었다.


마주 보고 있으면

나의 오른손이 너의 왼손이고

그건 나란히 걸을 때도 마찬가지다.


교차로가 사방으로 그어진 광장에서 신호를 기다릴 때

아무나 붙잡고

같이 살아봐요. 말하고 싶은 마음이 들고


낮이 밝으면
어깨엔 아무것도 두르지 않고 가뿐하게
언덕길을 내려갈 거예요.


나는 나를 다 보여줬어요.

—「집들이」 부분


　상대를 집으로 초대하는 일이 친밀한 관계로 진입하는 중에 일어나는 일이라고 한다면, 이 시에서 '나'와 그는 점차 가까워지는 과정에 있다.「요약본」 등의 작품에서 알 수 있듯 봉주연에게 집은 그곳에 살고 있는 자의 몸과 특별히 밀접하게 붙어 있는 터, 집을 공개하는 일은 그에게는 자신을 보여주는 일과 다르지 않으며 심지어 그는 "집으로 향하는 언덕"을 보여주면서 아주 사소한 것들까지도 상대와 공유하고 싶을 만큼 관계에 적극적이다. 평소 집으로 가는 길에서 마주하는 이들과 그곳을 오가며 자신이 생각하고 느꼈던 바를, 어쩌면 숨소리의 변화까지도 나누고 싶은 그에게는 상대와 조금이라도 더 가까워지고 싶은 간절함이 있다. 그런데 이처럼 심리적으로도, 신체적으로도("몇 번 손등이 스치자 / 한 명이 팔짱을 끼고 걸었다") 서로가 겹치는 찰나 그는 느닷없이 "아무나 붙잡고 / 같이 살아봐요, 말하고 싶은 마음이" 든다고 고백한다. 이런 고백은 당혹스럽다. 언젠가 나는 이를 두고 여기에 깃든 근원적인 외로움을 이야기한 바 있지만* 지금 와서 보니 외로움은 어쩌면 부수적인 감정이었다는 생각이 든다. 시집에 수록된 대부분의 시가 결국은 파국에 다다른 관계를 다루고 있다는 점에서 그는 순간순간 그런 동일한 미래를 예감한 것은 아닐까. 다시 말해, 이것은 어떤 불안의 흔적이 아닐까. 새롭고 원만하게 시작되는 관계에서도 이것이 결국은 완성되지 못할 것을 짐작하며 다른 관계의 가능성에 대해 생각하는, 결말을 아는 자의 불안. 사랑하면서도

---

* 「내밀의 거리─봉주연, 「집들이」 외 9편」, 『현대문학』, 2024년 3월호

"우리가 할 수 있는 사랑을 다 해버릴까봐 겁"을 내고, "장례를 끝마친 사랑을 보면 마음이 놓"(「해령」)이는 그는 미래를 미리 살아버린 자처럼 보인다.

3

과거에 있었던 일과 미래에 벌어질 일 사이에 현재가 있다고 생각할 때 현재는 한계가 있는 시간으로 여겨지기 쉽다. "경험에도 없는 미래"가 오히려 "과거보다 가까이 있"(「시간순」)다고 생각하는 이에게 시간은 흐르는 것이 아니라 반복되는 것처럼 느껴지리라. 그런데 이처럼 (부정적인) 귀결을 똑같이 예감한다고 해도 저마다 현재를 대하는 태도는 다르다는 듯 봉주연은 미래를 예감하는 이가 취할 수 있는 태도를 정확히 두 가지로 구분한다. 하나는 "셔츠"가 "다시 구겨"질 것을 알면서도 "정성을 쏟"(「시간순」)으며 다림질하는 것, 그러니까 결말을 알면서도 현재를 충실히 사는 것과 또 하나는 "모든 미래를 다 경험해서 / 더 이상 이룰 게 없"(「사랑해야 하는 딸들」)는 사람처럼 무기력해지는 것. 시인은 어느 편에 서 있는 것일까.

　시집의 구성을 길잡이 삼아 이야기해볼 수 있겠다. "왼발로 숫눈을 밟은 당신에게"(1부)와 "오른발로 숫눈을 밟은 당신에게"(2부)라는 소제목에서 알 수 있듯 시집은 1부와 2부가 대구를 이루는 '두 개의 편지'로 구성된다. 이때 주목할 점은 각 부의 시가 대체로 시간의 선형적인 흐름에 따라 배치되어 있다는 점이다. 그러니까 1부는 새롭게 관계를 맺기 시작하는 이들을 다룬 「Arrival」에서 시작하여 "껍데기만 남은 기분"을 안고 살아가는 화자의 모습을 보여주는 것으로 끝나며(「케이크를 가운데 두고 앉아서」) 2부는 관계의 흔들림이 본격화되어 현재가 "미래로 향하는 방향"에 있음을 의식하는 이들을 그린 「플래시포워드」에서 시작하여 무언가를 끝맺는 일과 이미 사라진 목소리, 그리고 죽고 싶을 만큼 힘든 기분에 대해 말하는 「오로라가 아니라」로 닫힌다. 그래서 1부에서 2부를 순서대로 읽다 보면 시간이 우리를 데려가는 방향을 따라가는 것처럼

"가만히 있는데 자꾸 밀려나는 것 같"(「피사체가 되는 연습」)은 기분에 자주 외로워진다. 시인이 각 부에 붙여둔 제목을 빌려 말하자면 우리는 "왼발"로든 "오른발"로든 "숫눈"을 디딜 가능성을 가지고 있지만 어느 발로 그것을 디디든 숫눈은 사라질 것이고, 사랑하는 이와 나눈 약속은 대부분 "작은 탄식"(「두 개의 편지를 한 사람에게」)으로 끝이 날 것임을 이는 명쾌히 보여준다. 아침이 지나면 저녁이 오고, 오래 햇빛을 보다 보면 눈이 부셔 자리를 떠야 하는 것(「피사체가 되는 연습」)이 정해진 우리의 운명이라면, 관계든 생이든 그 끝이 정해져 있는 삶에서 우리는 어떤 의미를 찾아야 하는 것일까.

　그런데 눈은 매년 내리기에, 조금만 주의를 기울인다면 우리는 눈이 올 때마다 어딘가에서 "숫눈"을 발견할 수 있지 않을까. 그때마다 그 위를 동시에 디디자고 사랑하는 이와 약속도 해볼 수 있지 않을까. 이렇게 눈의 반복적 성격에 대해 생각한다면 '도착(arrival)'이라는 제목의 시가 시집의 첫 시로 배치된 것은 다분히 의도적으로 보인다. 도착은 출발이 전제된 것이므로 이에 대한 설명이 생략된 채 배치된 이 시의 의미는 2부까지의 시를 다 읽고 난 후 다시 이 시로 돌아갈 때 마침내 이해된다. 시작하는 관계를 다루는 이 시가 왜 '도착'을 제목으로 삼는지, 봉주연의 화자가 거쳐 온 오랜 방황을 알고 난 후에야 누군가에게 (순간적일지라도) 안착하게 되었다는 그 의미가 이해되는 것이다. 이때, 2부의 마지막에 놓인 「오로라가 아니라」와 1부의 첫 시 「Arrival」이 사실상 하나의 짝처럼 시 속 단어들이 연결되어 있다는 점은 병렬된 것처럼 보이는 1·2부가 사실은 순환 구조로 이루어져 있다는 가정에 조금 더 힘을 실어준다.

전화에서 그는 언제나 출발선에 놓여 있다.

죽기엔 아직 하고 싶은 일이 많아요,
말을 뱉어놓고 하고 싶은 일을 떠올려봤다.
오로라를 보러 먼 곳으로 가는 것.

올해는 가까운 곳에서도 볼 수 있대.

내가 사는 곳에서 오로라를 볼 수 있는

가장 가까운 곳을 너는 알고 있니.


(……)


누가 말할 차례일까.

우리는 공허를 붐비고

매초마다

이제 끊어야겠어요, 라고 말했다.


죽기 전에 하고 싶은 일이 무엇인지

목소리가 사라진 후에야 다 떠올릴 수 있었다.


목소리는 사라진 후에야 떠올랐다.


맨다리에 습기를 머금은 이불이 닿는 게 싫어.

유월의 밤엔 나를 전부 기대기가 어려웠다.

다 끝맺지 못한 것이 아쉽다 생각했는데

우리가 나눈 것이

이야기였다는 믿음이 괴로웠다.


머리맡에 읽지 않은 책들이 쌓여가고

더 살고 싶지 않은 기분은 낮아질 줄 몰랐다.


불을 끄고 하고 싶은 일들을 마저 떠올렸다.

　　　　　　　　　　　　　　　—「오로라가 아니라」부분


지나온 사람에 대해 물어오자

답을 하는 것이 기뻐서

낮춰 이야기하는 것도 잊고 높이 떠올랐다.


이제부터 중요한 걸 골라야 해.

장을 보는 대신에 밥을 짓자.

기다리는 동안 이야기를 하자.


길을 걷다 사람을 마주친다면 아무나 따라갈 수 있을 것 같아.


　　감수해야 하는 말을 감수하면서

　　당신은 가만했다.


　　먼 과거의 삶까지 후회하면서


　　우리는 같은 것을 묻고

　　같은 것을 답했다.

—「Arrival」 전문


　두 시를 각각 어떤 끝과 시작을 다루는 작품으로
거칠게나마 구분해볼까. 앞의 시는 '그'와 '나'의 아
마도 마지막 통화를 다룬 것처럼 보인다. "내가 나
인 게 잘못인 것 같은 날"을 거쳐 온 화자는 "더 살
고 싶지 않은 기분"에 시달리면서도 "죽기엔 아직
하고 싶은 일이 많"다고 생각해 본다. "오로라를 보
러 먼 곳으로 가"고 싶다고 말하는 '나'를 위해 다정
히 "오로라"를 볼 수 있는 장소를 물어오는 '그'이지

만 그런 말들이 당시 '나'에게는 어쩐지 공허하게도 여겨졌던 것 같다. 그들은 "매초마다 / 이제 끊어야 겠어요"라고 끝맺음을 이야기한다. 뒤의 시에서 다루는 것은 이와 반대로 시작하는 연인이다. 왜 이제야 만나게 되었냐는 듯 "지나온 사람"에 대해 물어보고, "먼 과거의 삶"을 후회하는 이들, "같은 것을 묻고 / 같은 것을 답"하는 '우리'는 아마도 이제 막 가까워지는 과정에 있는 것처럼 보인다. 두 시의 이러한 차이는 동일한 단어의 상이한 사용과 반대말의 대칭을 통해 확연히 드러난다. 이를테면 '떠오르다', '낮다', '출발(선)', '도착(arrival)'과 같은 단어들. 이 중 그들이 나누는 "이야기" 속에서 '떠오르다'라는 술어가 서로 다른 맥락에서 사용되고 있음을 보자. 앞의 시에서는 이것이 사라진 "목소리"나 죽기 전 "하고 싶은 일들", "더 살고 싶지 않은 기분"과 같이 '끝'과 관련된 말들에 붙어있다면 뒤의 시는 '나'의 들뜬 상태를 표현하는 데 사용된다. 그래서 2부를 다 읽고 난 후 다시 1부로 돌아와, 이어 시집에서 다뤄지지 않은 시간이 상상된다. "상처받은" 시간을 지나온 '나'가 어떻게든 '나'에게 기운을 주려했던 앞의 시 속 '그'와 이야기를 나눈 후 다시 "출발선"에 설 수 있기까지의 시간을, 그래서 비로소 어딘가에 '도착'할 수 있게 된 시간을.

이러한 순환적 구성을 통해 봉주연은, 정해진 끝으로 치달아가는 것이 우리의 삶이지만 그렇다고 현재를 새로이 살 수 없는 것은 아니라고 말하는 듯하다. 그렇기에 이제 봉주연의 화자는 결말을 예감하며 불안한 삶을 살아가는 자로 더 이상 보이지 않는다. 그는 밀려들어 오는 불안 속에서도, 언제나 끝을 예감하면서도, "다녀올게, 그래도 우리 괜찮아"(「눈을 묻히고 현관으로 들어설 미래」)라고 말하며 새로이 삶을, 그리고 사랑을 시작하는 자임을 우리는 새로이 깨닫게 된다.


4


지금까지 이 글은 봉주연의 시에 내포된 독특한 시간관이 편지의 성격과 닮아 있다는 점을 이야기해 보았다. 그렇다면 편지 양식은 그러한 시간관을 부각하는 장치로 사용되었다고 정리해도 될까. 그러나 이렇게만 결론짓기는 이르다. 아직 우리에게는 '추신'이 남았다. 1부와 2부의 순환 고리에서 구조상 비껴나 있는 3부는 소제목대로라면 두 개의 편지를 쓴 뒤 그가 덧붙인 말이겠지만 그렇다고 사족이라고 볼 수는 없을 것 같다. 때로 우리는 추신에 가장 중요한 말을 적어두지 않는가.

우리 이야기의 시작은 어디일까.

유한한 마음으론
한없이 사랑받을 수 없다는 것.

이제 이 정도의 비밀은 꺼내어볼 수 있지 않을까.

'편지를 받는 사람이 직접 뜯어보라'
겉봉에 적어 보냅니다.

　　　　　　　　　—「두 개의 편지를 한 사람에게」 부분

적어도 봉주연은 그렇다. 1부와 2부를 다 읽은 우리를 그는 다시 출발선에 세우며 우리에게 가장 들려주고 싶은 말을 적어둔 듯하다. 이 시에서 "비밀"은 다분히 이중적으로 읽히는데, 그가 이 편지를 통해 그간 그를 아프게 했던 '비밀'을 꺼내어본 것이라고도 할 수 있겠지만 그런 시간을 지나오며 그가 알게 된 생의 비밀, "유한한 마음으론 / 한없이 사랑받을 수 없다는 것"을 가리키기도 한다. 이런 비밀을 더 많은 이들과 나누려는 듯 그는 "편지를 받는 사람이 직접 뜯어보라"고 "겉봉에 적"는다. 그래서 이번 시집에 실린 가장 마지막 시는 맨 처음 우리가 가정했던 상황과 마찬가지로 여러 층위의 '당신'에게 열린다.

그곳에서 당신은 메밀국수에 넣을 무를 갈아놓고, 남은 무로는 생채를 담가놓고. 아침에 고른 신선한 생선을 냉장고에 넣어두고, 조금 주린 배를 참고선 나를 기다리고 있다. 옷을 고르느라 헤집어놓은 안방을 치우면서 목덜미에 땀이 조금 흘러 있고

선반에 놓인 청사과가 반짝인다.


그래서 당신.
결말을 다 알고서도 같은 선택을 할 건지.


뒷문이 열릴 때마다 햇볕에 말라가는 물비린내가 났다.
사랑하는 조용한 나의 자리
당신 목덜미의 냄새가 얼마나 좋은지 잊고 있었어.


미래를 알고 있는 눈빛으로 포옹을 한다.

— 「사랑하는 조용한 나의 자리」 부분


　다시 말하자면 "결말을 다 알고서도 같은 선택을
할 건지"라는 이 시의 질문은 시 속 "당신"에게 묻
는 말이자, 그의 시를 읽고 이제는 생의 비밀을 알
게 된 독자인 우리에게 던지는 물음이기도 하다. 그
렇기에 이에 대한 자신의 대답을 행동으로 보여주
려는 듯 그가 "미래를 알고 있는 눈빛으로" '당신'

을 "포옹"할 때, 이 행위는 시 안에서 이루어지는 신체적인 겹침만이 아니라 시 밖에서 이루어지는 쓰기에 대한 비유로도 읽힌다. 그 어떤 글보다 편지는 서로의 마음이 가장 가까이 겹쳐지는 글, 나의 마음을 상대의 마음에 온전히 포개놓으려고 쓰는 글, 그러므로 "포옹을 장소로"(「절망을 말해보렴, 너의」) 생각하는 외로운 누군가에게는 하나의 정처가 될 수 있는 글이 아닌가. 그는 편지라는 양식을 빌려옴으로써 자신의 시가 그런 장소가 되길 바랐던 것은 아닐까.

그간 나는 그가 마련한 이 조용한 자리에 혼자 앉아 있었다. 이 자리를 오래 사랑하면서, 너무 많은 이들이 오면 이 고요함이 깨어질까 걱정도 하면서. 그러나 나 못지않게 외로울 당신을 위해, 그의 편지 위에 또 다른 말을 덧붙이며 이제 함께 이곳에 머무르자고 손짓해본다. 물론 이것은 시인을 위해서이기도 하다. 봉주연에게 시는, 그리고 독자는 이제 그의 정처가 되어버렸으므로.

## 두 개의 편지를 한 사람에게

지은이 봉주연
펴낸이 김영정

초판 1쇄 펴낸날 2024년 11월 25일

펴낸곳 (주)현대문학
등록번호 제1-452호
주소 06532 서울시 서초구 신반포로 321 (잠원동, 미래엔)
전화 02-2017-0280
팩스 02-516-5433
홈페이지 www.hdmh.co.kr

ISBN 979-11-6790-285-6 (04810)
ISBN 979-11-6790-284-9 (세트)

* 책값은 뒤표지에 있습니다.